A Sweater for Duncan
Un suéter para Duncan

Written by / Escrito por Margaret Gay Malone
Illustrated by / Ilustrado por Lorraine Dey

To Connor Robert and Mackenzie Elizabeth, with love - MGM

In loving memory of my mother, Joan.
To my nephews and nieces: Jeremy, Kelly, Natalie, Noelle, Theresa, and Joe.
Thanks to Dona for support and encouragement. — LD

Text ©2010 by Margaret Gay Malone
Illustration ©2010 by Lorraine Dey
Translation ©2010 Raven Tree Press

Malone, Margaret Gay.

A sweater for Duncan / written by Margaret Gay Malone; illustrated by Lorraine Dey; translated by Cambridge BrickHouse = Un suéter para Duncan / escrito por Margaret Gay Malone ; ilustrado por Lorraine Day; traducción al español de Cambridge BrickHouse —1st ed. —McHenry, IL: Raven Tree Press, 2010.

p. ; cm.

SUMMARY: The little penguin is proud of his fuzzy coat. When his fuzz starts to fall off, he wants a sweater, until he discovers he's become a grown up penguin.

Bilingual Edition
ISBN 978-1-936299-04-1 hardcover
ISBN 978-1-936299-05-8 paperback

English Edition
ISBN 978-1-936299-06-5 hardcover

Audience: pre-K to 3rd grade
Title available in English-only or bilingual English-Spanish editions

1. Animals / Marine Life—Juvenile fiction. 2. Social Issues / Self-Esteem & Self-Reliance—Juvenile fiction. 3. Bilingual books —English and Spanish. 4. [Spanish language materials-books.] I. Illust. Dey, Lorraine. II. Title. III. Title: Un sueter para Duncan

LCCN: 2010922815

Printed in Taiwan
10 9 8 7 6 5 4 3 2 1
First Edition

Free activities for this book are available at www.raventreepress.com

Raven Tree Press
A Division of Delta Systems Co., Inc.
www.raventreepress.com

PRINTED WITH
SOY INK

Duncan the penguin was a fine looking fellow. He wore a soft coat of gray fuzz, not like most penguins. They looked like they wore a black coat and a white shirt.

Duncan el pingüino era un pingüino muy guapo. Llevaba un plumaje de pelusa de color gris, no como los demás pingüinos. Ellos parecían vestirse con un saco negro y una camisa blanca.

At least once every day, he admired his reflection in a piece of ice as shiny as glass. He liked what he saw. He'd stick out his chest and waddle proudly among the other penguins. He knew he was the handsomest.

Al menos una vez al día, Duncan admiraba su imagen en un trozo de hielo que era tan brillante como un espejo. Le gustaba lo que veía. Inflaba su pecho y se pavoneaba con orgullo entre los demás pingüinos. Él sabía que era el más guapo de todos.

One day a piece of fluff floated to his feet.
He looked down at his tummy and right where
the fluff should be, was a small bare spot.
He scooped up the piece and pressed
it into his tummy. As soon as he let go,
the fluff floated to the ground.
"One little spot isn't bad," he thought.

Un día un mechón de pelusa cayó suavemente a sus pies.
Miró su pancita y justo donde antes había pelusa,
ahora estaba pelado.
Recogió la pelusa del suelo y la apretó
contra su panza. En cuanto la soltó,
cayó flotando hasta el suelo.
"Un mechoncito no está tan mal", pensó.

When he woke up the next morning, two more tufts lay in the snow. The little spot grew to a medium spot. The medium spot grew to a big spot.

❄

Cuando despertó a la mañana siguiente, dos mechones más yacían en la nieve. El pequeño pelado se convirtió en uno mediano. El mediano se convirtió en uno grande.

When the wind blew, he had to chase another clump of fuzz. He slid down a snowy hill as it skipped ahead in the wind. Duncan caught a wingful of fuzz. He had to do something.

Cada vez que soplaba el viento, tenía que perseguir otro mechón de pelusa. Se deslizaba por una colina nevada mientras su pelusa se movía con el viento. Duncan atrapó un montón de pelusa con su ala. Algo tenía que hacer.

"Mother," he said, "I used to be a fine looking fellow.
Will you make me a sweater to cover my bare spots?"
"With whatever fuzz falls off,
I'll make you a sweater," mother said.
Duncan hugged his mother. "Thank you."

—Mamá —dijo—, yo era un pingüino muy guapo.
¿Me harías un suéter para taparme?
—Con toda la pelusa que se te caiga,
te haré un suéter —dijo Mamá.
Duncan abrazó a su mamá y le dijo: —Gracias.

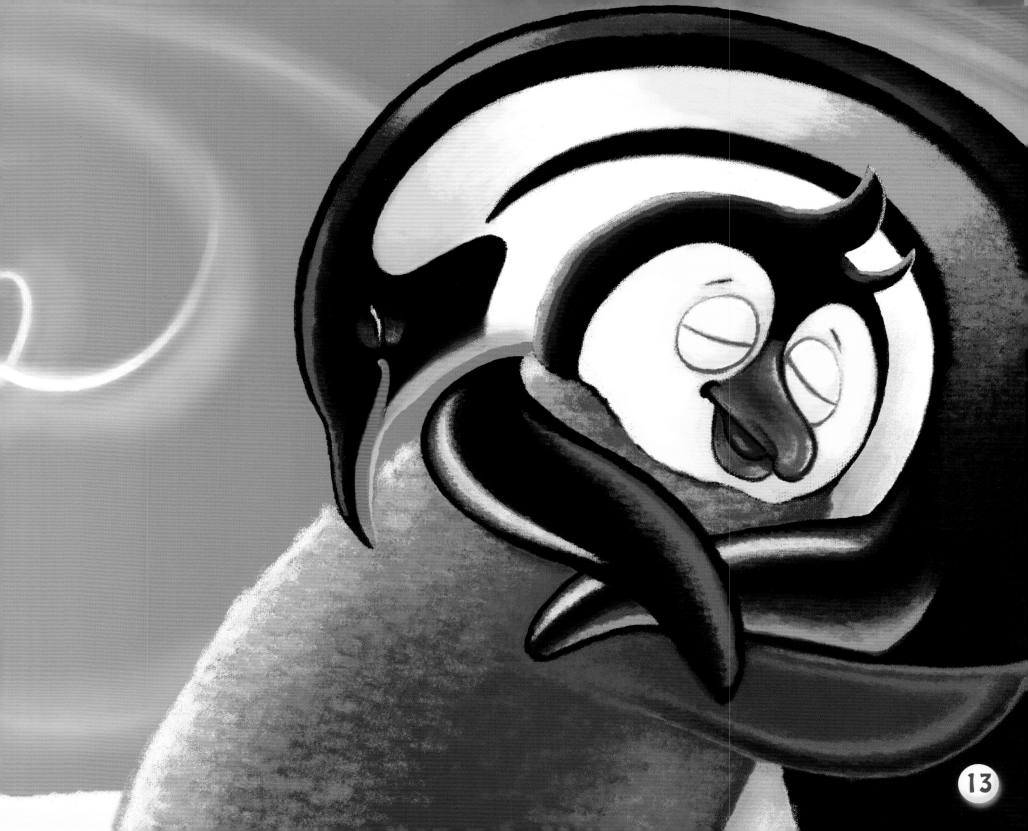

Every day, the wind howled in icy gusts. Duncan huffed after the tufts that flew off his body like butterflies. He'd pounce on them as they tumbled along, and take them to his mother.

Todos los días soplaba un viento helado.
Duncan corría tras los mechones que se
desprendían de su cuerpo y volaban como
mariposas. Los atrapaba todos mientras
rodaban y se los llevaba a su mamá.

15

Finally, she held up a sweater.
"Try this on." He tried to button it.
"Too tight," he said, disappointed.
A few days later, he tried on a
bigger one. "Too short," he said,
tugging at the sleeves.

Finalmente, ella le mostró un suéter.
—Pruébatelo. Duncan trató de
abotonárselo. —Demasiado apretado
—dijo, desanimado.
Unos días después, se probó uno más
grande. —Demasiado corto —dijo,
jalando las mangas.

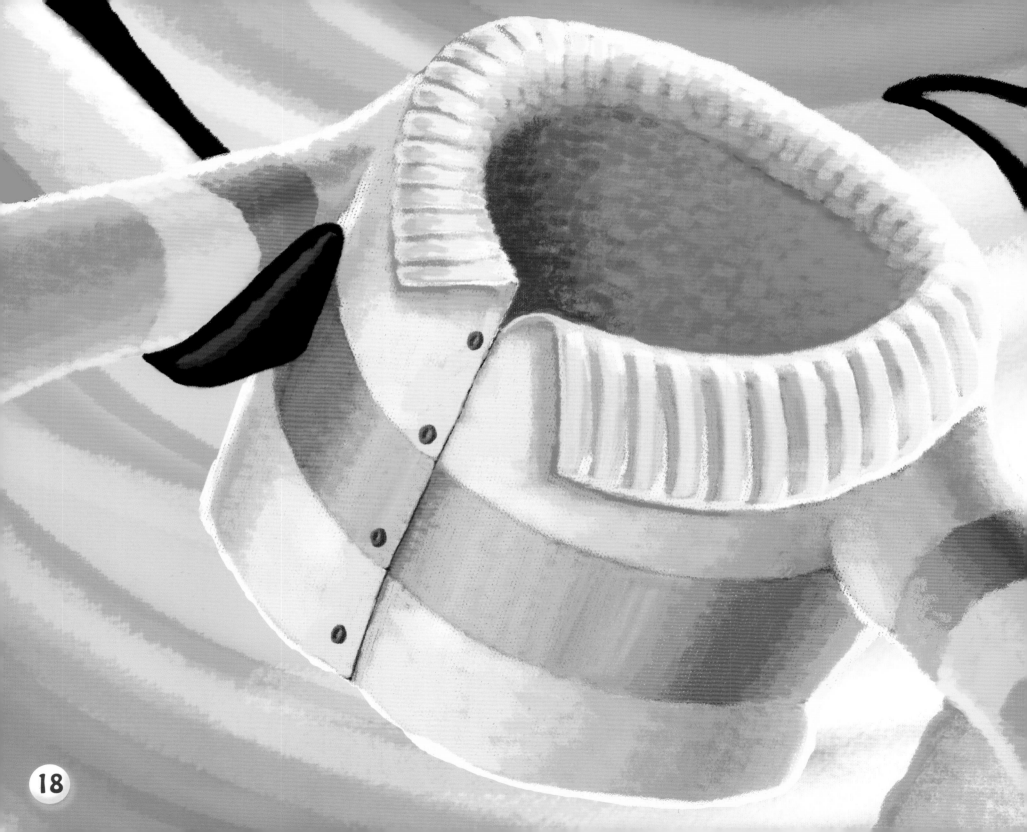

One day, his mother handed him a bigger
sweater. "Don't try it on yet," she said.
"First, I have a surprise for you."
His mother led him to a familiar spot.
It was the glassy ice where
Duncan used to admire himself.

Un día, su mamá le entregó un suéter más grande.
—No te lo pruebes todavía —dijo ella—.
Tengo una sorpresa para ti.
Su mamá lo llevó a un lugar conocido: el
hielo donde antes Duncan solía admirarse.

"What's my surprise?" Duncan asked.
"Look at yourself."
Duncan didn't want to look. He stood in front
of the ice–mirror with his eyes shut tight.
"Go on," his mother said.

—¿Dónde está la sorpresa? —preguntó Duncan.
—Mírate.
Duncan no quería mirarse. Se paró frente
al espejo de hielo con sus ojos bien cerrados.
—Vamos —dijo su mamá.

Duncan opened one eye, then the other.
He was looking at a tall, grown up penguin.
He wore feathers that looked like a
white shirt and a black coat.
Could it be?
His mother nodded.
"It's you."

Duncan abrió un ojo y luego el otro.
Vio un pingüino alto y maduro.
Llevaba plumas que parecían una camisa
blanca y un saco negro.
¿Será posible?
Su mamá asintió con la cabeza:
—Eres tú.

23

This time, Duncan took a long look.
He had turned into a grownup, and
quite a handsome one.
"Mother, you knew!" Duncan said.

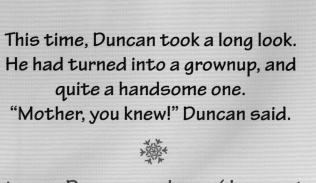

Esta vez, Duncan se observó largo rato.
Se había convertido en adulto,
y un adulto muy guapo.
—Mamá, ¡ya lo sabías! —dijo Duncan.

Mother smiled. "What do you want me to do with the sweater?"

Mamá sonrió: —¿Qué quieres que haga con el suéter?

27

"Whatever you want," Duncan answered. "I like what I see."

❄

—Lo que quieras —contestó Duncan—. Me gusta lo que veo.

"I don't need it, now that I'm a fine looking, grown up fellow."

—Ya no lo necesito ahora que soy un adulto guapo.

Vocabulary	Vocabulario
penguin	pingüino
coat	saco
gray	gris
black	negro
white	blanca
morning	mañana
snow	nieve
mother	mamá
sweater	suéter
butterflies	mariposas